a caixa
dos segredos

ROGÉRIO ANDRADE BARBOSA

ilustrações de Gerson Conforti

Rio de Janeiro | 2010

CIP-BRASIL. CATALOGAÇÃO-NA-FONTE
SINDICATO NACIONAL DOS EDITORES DE LIVROS, RJ

B195c

Barbosa, Rogério Andrade, 1947-
　A caixa dos segredos: Rogério Andrade Barbosa; ilustrações Gerson Conforti. -
Rio de Janeiro: Galera Record, 2010.
　il.

ISBN 978-85-01-08459-0

1. Novela infantojuvenil brasileira. I. Conforti, Gerson, 1941-. II. Título.

09-1950　　　　CDD: 028.5
　　　　　　　　CDU: 087.5

Copyright © Rogério Andrade Barbosa, 2009
Copyright das ilustrações © Gerson Conforti, 2009

Todos os direitos reservados. Proibida a reprodução, no todo
ou em parte, através de quaisquer meios.
Os direitos morais do autor foram assegurados.

Texto revisado pelo novo Acordo Ortográfico da Língua Portuguesa.

Ilustrações de miolo e capa: Gerson Conforti
Projeto gráfico de miolo e capa: Leonardo Iaccarino

Direitos exclusivos desta edição reservados pela
EDITORA RECORD LTDA.
Rua Argentina 171 - Rio de Janeiro, RJ - 20921-380 - Tel.: 2585-2000

Impresso no Brasil
ISBN 978-85-01-08459-0

PEDIDOS PELO REEMBOLSO POSTAL
Caixa Postal 23.052 - Rio de Janeiro, RJ - 20922-970

EDITORA AFILIADA

os segredos da caixa

Rogério Andrade Barbosa é um excepcional contador de histórias para a infância e a juventude. As oitenta páginas deste *A caixa dos segredos* mais uma vez o comprovam.

A narrativa de *A caixa dos segredos* sintetiza e simboliza em Malã, de nome cristão Antonio, apresentado como tataravô do narrador, um percurso de sofrimento, participação, superação. Paralelamente, abriga-se no silêncio do discurso narrativo a denúncia da desumanidade da escravidão, das lutas e da desigualdade social que marcam a história dos afrodescendentes no Brasil. O leitor acompanha a vida do personagem desde os tempos de menino, nas terras da velha África dos começos do século XIX. Sofre com a sua captura e a terrível viagem no navio negreiro, a venda, como mercadoria, no odioso mercado do Valongo, no Rio de Janeiro, sua ida como escravo de um comerciante português para Salvador, Bahia. Participa com ele, em 1835, da Revolta dos Malês,

4

"a maior de todas as insurreições dos negros na Bahia". Assiste ao entrudo carioca. Tem notícia da atuação de um de seus filhos como voluntário na Guerra do Paraguai, em 1865. É uma forma utilizada pelo escritor para mobilizar a atenção na participação da gente negra naquele episódio da história brasileira. Aprecia, com ele, os versos de Luiz Gama e os poemas abolicionistas de Castro Alves. Acompanha, no seu testemunho, a decretação da Lei Áurea e a Revolta da Chibata, João Cândido à frente.

A narrativa resgata aspectos nem sempre apontados na saga dos africanos escravizados em terras brasileiras. Destaca, nessa direção, a formação islâmica de muitos, a presença católica missionária na África, o nível cultural de vários, a mescla de religiões que, aos poucos, se configura.

O texto abre espaços para a reflexão do leitor, a partir das reflexões do narrador sobre o pensamento atribuído ao personagem nuclear, seu tataravô. O escritor tira partido sabiamente da ambi-

5

guidade própria do texto de literatura, ao valer-se da estratégia do manuscrito e dos objetos simbólicos e da assunção do parentesco de quem narra com o biografado. Serão falsos ou verdadeiros? Na garantia da verossimilhança, o chamado realismo de detalhe, centrado nos acontecimentos históricos, na ambiência e no tratamento do tempo, reforçados pela assunção da pesquisa. O livro parece situar-se na fronteira dos limites entre o real e o imaginário.

As palavras de abertura trazem elementos que mobilizam a curiosidade do leitor e serão gradativamente explicitados: folhas em forma de diário, entremeadas de provérbios, uma espécie de rosário com contas de madeira, uma bolsinha de couro, dois papelinhos dobrados, com escritos em caracteres árabes.

A ação é pontuada pelo convite à reflexão, sobretudo a partir dos provérbios usados como títulos dos capítulos. E tudo se faz com excepcional economia, em capítulos curtos, centrados no essencial.

6

A tomada de posição presentifica-se no texto, mas sutilmente, sem radicalismos, sem empolgação. Cabe ao leitor a interpretação do que se conta e a ampliação do conhecimento sobre os fatos históricos apontados.

Os outros segredos você descobrirá com o prazer da leitura.

Domício Proença Filho

Prólogo

A caixa dos segredos, era assim que eu chamava o misterioso objeto guardado no armário na casa de meus pais que, desde menino, despertava a minha curiosidade.

Ali, diziam, estavam preservados os relatos de Malã, o meu tataravô africano, registrados durante sua longa existência em solo brasileiro. Os manuscritos, com a letra miúda do velho antepassado, permaneceram em poder de minha família gerações após gerações, praticamente intocados, esquecidos na caixa de metal enferrujada, forrada com recortes de jornais.

Até que, anos mais tarde, resolvi desvendar os segredos que tanto me intrigavam.

Em meio às folhas amareladas em forma de diário, entremeadas de provérbios, havia um rosário com contas de madeira e uma bolsinha de couro. Oculto no interior desse amuleto, descosturado pela ação do tempo, encontrei dois papelinhos dobrados, com escritos em caracteres árabes.

8

O primeiro, de acordo com estudiosos do assunto, era o trecho de uma oração retirada do livro sagrado dos muçulmanos, o Alcorão. O segundo, um bilhete enigmático, com traços e setas indecifráveis, assinalava um provável local de encontro. Os africanos islamizados trazidos para o Brasil, conforme apuraria, costumavam usar talismãs semelhantes, pendurados ao peito, para lhes dar sorte e proteção.

Os escritos e pertences deixados por Malã orientaram e direcionaram minhas buscas, na tentativa de seguir os rastros de sua jornada. Sem eles, meu trabalho teria sido impossível. Esses documentos, aos poucos, foram se encaixando uns nos outros, como peças de um quebra-cabeça.

Ele, além de saber ler e escrever, fora acostumado, segundo a tradição oral africana, a observar e escutar tudo atentamente. Daí a sua memória prodigiosa.

Incentivado pelos filhos e netos, começou a escrever sobre sua vida. Queria deixar sua visão sobre tudo o que testemunhara, numa época em que os negros não tinham direito à voz. Nem todas as folhas, encapadas em papelão, puderam ser recuperadas. Muitas das anotações, infelizmente, foram comidas pelas traças e perderam-se na poeira do tempo...

A saga de Malã merecia ser conhecida. Baseado nas histórias que meus pais e avós contavam, e principalmente nos maços de papéis resgatados que estavam, ainda, em razoável estado de conservação, eu a reescrevi.

Uma tarefa que me consumiu longos anos de estudos, pesquisas, entrevistas e viagens. Durante dias e noites incontáveis, mergulhei, literalmente, nas páginas de livros, jornais e documentos de bibliotecas e arquivos do Rio de Janeiro, de Salvador, de Lisboa e da atual República da Guiné-Bissau, tentando comprovar e reconstituir os fatos descritos por Malã.

Portanto, esta é a minha versão.

Primeira Parte: Infância

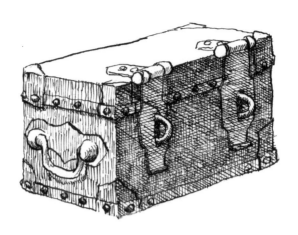

Um velho de cócoras
vê mais longe do que
um jovem de pé

A temporada das chuvas... o cheiro da terra molhada... o barulho das frutas espatifando-se no chão... as histórias contadas ao redor da fogueira...
Assim Malã abria o baú de suas memórias. As primeiras lembranças, descritas a bico de tinta, invocavam a África distante, que não saía de seu pensamento.

Uma missão católica, no interior da região conhecida na época como Guiné, África Ocidental, fora seu primeiro lar. A mãe trabalhara durante alguns anos como empregada de Frei Valentim,

15

um padre português que fizera questão de criá-lo, alfabetizá-lo e batizá-lo com um nome que usou por pouco tempo: Antonio.

Ele se lembrava, nitidamente, das feições roliças do missionário franciscano, e sobretudo dos olhos claros. Quando o sacerdote faleceu, vítima das febres malignas que ceifavam a vida dos colonos e militares europeus, a mãe retornou para a aldeia de onde saíra muito jovem, às margens de um grande rio.

Os parentes maternos eram mandingas e obedeciam às leis sagradas do Alcorão. Foram os tios que lhe deram o nome de Malã e o levaram a frequentar a casa de oração do povoado, construída com paredes de barro. Suas primeiras lições de árabe e da religião muçulmana foram transmitidas por um idoso *talibô*, o mestre da escolinha corânica.

Nunca se esquecera da voz roufenha do *almami*. O religioso islâmico convocava os fiéis, cinco vezes ao dia, para as orações no interior da *miciró*.

16

Todos, antes de entrar, deixavam os chinelos enfileirados do lado de fora do modesto templo. Em seguida, desenrolavam seus tapetes de palha, para não sujarem os longos camisolões. Ajoelhavam-se e levantavam-se várias vezes, ao mesmo tempo que erguiam os braços, rezando com o rosto voltado para Meca, a cidade reverenciada pelos muçulmanos.

As recordações da infância eram inesquecíveis. À medida que escrevia, como num passe de mágica, se transportava numa viagem pelo tempo, de volta às festas que celebravam o fim das colheitas, os nascimentos e casamentos. Revivia, saudoso, as horas desfrutadas ao lado de outros meninos, tomando banho nos rios ou vigiando o gado de chifres longos e recurvos.

Como todo garoto, ansiava por chegar a sua vez de participar do *fanado*. O período de iniciação pelo qual todos os jovens, entre os 7 e 13 anos, tinham de passar, antes de serem considerados adultos. Durante o longo tempo de reclusão,

permaneciam encerrados numa cabana, longe dos olhares femininos, sob os cuidados dos *kitãó*, os guardiões encarregados de lhes transmitir os segredos e ensinamentos do povo mandinga.

Recordava-se do respeito que os mais novos tinham pelos *Fureô Kolá* ou "Homens Grandes", com suas barbichas brancas e os tecebás, rosários muçulmanos, nas mãos. E do seu desejo de ser um *danó* quando crescesse, e vestir a camisa cor de terra avermelhada, usada apenas pelos mais habilidosos caçadores. Esses profissionais, besuntados de óleos misteriosos que os tornavam imunes às garras das feras, seguiam o rastro de qualquer animal e entendiam a linguagem dos pássaros e dos ventos.

Malã estremecia só de lembrar os lamentos das mulheres durante as cerimônias fúnebres que duravam dias e noites. Outra imagem que não conseguia apagar da memória era a da mata onde os irãs, espíritos dos antepassados, repousavam no interior de baobás, árvores gigantescas e sagradas. A maioria de seu povo, apesar do rigor das leis islâmicas, conservava antigas crenças e mantinha rituais em homenagem aos deuses da natureza.

A memória é
a dona do tempo

Certa madrugada, a aldeia onde Malã morava foi atacada por um grupo de forasteiros barbudos, guiados por negros que trabalhavam a serviço de traficantes de escravos. Capturaram apenas as mulheres e as crianças. Os guerreiros mandingas preferiam morrer lutando a serem aprisionados. Foi a última vez em que viu a mãe. A partir daquele dia, nunca mais soube do paradeiro dela.

Ele e um punhado de moradores do vilarejo, apesar da resistência, foram agarrados e amarrados como bichos. Vergados sob o peso do grilhão preso ao pescoço, caminharam em direção à distante orla marinha. Malã reconheceu, na mesma hora, o trajeto que havia percorrido ao lado de Frei Valentim, quando ainda morava na missão católica. Lembrou-se de seu espanto ao contemplar, boquiaberto, as ondas do mar batendo contra a areia da praia. E, principalmente, de um barco enorme, mais alto do que um baobá, ancorado perto de uma fortificação de muros de pedra erigida pelos portugueses.

Dessa vez não era um passeio. Andavam, aos trambolhões, rompendo passagem entre galhos espinhentos, de sol a sol. Só paravam quando suas silhuetas se confundiam com o negrume da noite.

Um depósito de carga humana os aguardava, ao lado de um ancoradouro de tábuas carcomidas. O madeirame rangia, agourento, prenunciando a tétrica jornada.

21

Antes do embarque, o separaram de sua gente e o colocaram num lote de prisioneiros, com línguas e costumes diferentes de seu povo. Alguns, como os felupes, manjacos, fulas e bijagós, ele conseguia identificar pelas roupas ou as tatuagens espalhadas em várias partes do corpo. Outros, que chamavam de benguelas, congos e moçambiques, trazidos de regiões distantes, ele nunca tinha visto ou ouvido falar.

Assim, misturados em diversas etnias, zarparam rumo a um destino desconhecido, jogados no porão de um navio negreiro, impulsionado por velas descomunais.

Quem sofre é
que sente a dor

Durante dias e noites, navegaram por mares bravios, desafiando ondas enormes, que sacudiam a embarcação, de modo aterrador.

Quem disse que um homem não chora? Ele não tinha vergonha de confessar que soluçara sem parar, encolhido em um canto, trêmulo de febre e de medo. Rodeado de tanta gente, mas ao mesmo tempo tão só, desesperado... sem ter a quem recorrer.

23

Eram centenas de adultos e algumas crianças como ele, amontoados, sem espaço para se esticarem ou trocarem de posição. Condenados a viajar na escuridão, em meio à imundice, à fedentina e a um calor horroroso, atormentados por pulgas e piolhos. Como alimento, escassas rações de milho, feijão e farinha, quase sempre mofadas. A malária, a varíola e outras doenças contagiosas causavam grandes baixas. Quase todos os dias, cadáveres eram jogados ao mar pelos marinheiros. Prejuízos que os traficantes, apesar das desumanas condições impostas aos cativos, evitavam tomar. Afinal, os lucros dependiam do bom estado das "peças"...

Ai de quem protestasse contra os maus-tratos. Os negros rebeldes eram amarrados em um mastro e açoitados sem dó nem piedade. O carrasco, assim que o castigo terminava, aplicava uma mistura de pólvora, suco de limão e pimenta nas peles diladeradas, para que as feridas não gangrenassem.

Malã teve sorte. Logo na primeira vez em que foi levado ao convés, com um grupo de prisioneiros, para exercitar as pernas e respirar ar puro, ao perceber o idioma falado por alguns membros da tripulação, pediu, para espanto geral, um pouco de água em português.

A marujada, impressionada, alertou o comandante, que, depois de testar o menino, fazendo-o ler alguns trechos da Bíblia, ordenou que o garoto prosseguisse o resto da viagem ajudando o cozinheiro a descascar batatas. Alimentado e saudável, valeria um preço bem maior do que era pago usualmente por uma criança. Imagina, um negrinho de olhos verdes e, ainda por cima, alfabetizado!

Quanto mais bate o tambor, mais se arrisca a arrebentar

A terra que finalmente avistaram, do outro lado do oceano, chamava-se Brasil. E a cidade grande onde desceram, cercada de montanhas que pareciam um gigante deitado, era o Rio de Janeiro. A confusão do desembarque ficaria marcada para sempre em sua memória. Não passava de um menino assustado. Só que em condições físicas bem melhores do que as dos companheiros de infortúnio: famintos, os ossos saltando das costelas e o corpo cheio de chagas purulentas.

28

Atracaram num porto movimentado. Era a primeira vez que via casas tão grandes e altas, parecidas com as das gravuras nos livros do missionário português. A maioria dos habitantes não era, como pensava, branca. Negros, de pés descalços, levavam fardos à cabeça ou carregavam homens de pele branca em cadeirinhas sustentadas por duas longas varas. Os que eram conhecidos como escravos de ganho vendiam de tudo nas ruas. Mulheres, de turbante e vestimentas coloridas, com os filhos escanchados nas costas, feito na África, apregoavam os produtos de seus tabuleiros em cada esquina: frutas, legumes, doces, pastéis e refrescos. Outras fritavam bolos apimentados e serviam pratos de angu.

Lavadeiras faziam filas em frente aos chafarizes, enquanto cães e porcos disputavam os restos do lixo que se acumulava nas sarjetas, escorrendo por entre as ruelas.

Alguns negros, cabisbaixos, tinham uma estranha coleira de ferro presa ao pescoço. As pontas eriçadas do instrumento humilhante, projetando-se acima da cabeça daqueles homens, deixaram Malã intrigado. Logo aprenderia que se tratava de uma gargalheira, um dos nomes dados ao objeto usado como castigo por negros fujões, para evitar novas escapadas. Fugas eram constantes. Os jornais, além dos anúncios de venda de escravos, ofereciam recompensas por fugitivos. Alguns desses avisos detalhavam os aspectos físicos do procurado, o nome e a quantia da gratificação. E, às vezes, eram encimados por uma ilustração que mostrava um preto, descalço, correndo com uma trouxa pendurada numa vara ao ombro:

Fugiu da chácara do Sr. Joaquim Ignácio um escravo de nome Lizandro. Baixo, cor de formiga, meio cambito das pernas, sem os dois dentes da frente e cabeça achatada de tanto carregar peso. Quem o devolver ao seu dono será generosamente recompensado, assim como se protesta com todo rigor das leis contra quem o tiver acolhido.

A boca fala, mas não aponta

Malã e os demais cativos, atônitos, foram escoltados, seminus e esquálidos, em plena via pública, até um dos armazéns sombrios do mercado do Valongo. Trancafiados, aguardaram, em bancos de madeira ou dormindo no chão de terra batida, o dia de serem leiloados.

Ninguém lhes dera atenção, pois o desfile macabro dos cativos acorrentados era um espetáculo de rotina na paisagem da cidade do Rio de Janeiro. Só uns desenhistas e pintores euro-

peus, integrantes de missões científicas, procuravam retratar, em cadernos e telas, o dia a dia dos escravizados.

Antes do leilão, os cabelos e as barbas brancas dos negros mais velhos foram raspados a navalha. Além disso, para ganhar um ar mais jovial, tiveram a pele esfregada vigorosamente com pólvora de canhão — um dos ardis que os

32

comerciantes usavam para enganar os compradores menos atentos.

Malã foi separado dos adultos e colocado num galpão de paredes altas e nuas, lotado com meninos e meninas, todos tão apavorados quanto ele. Tentou se comunicar em vão. Nenhum dos demais entendia o que ele falava. Eram irmãos apenas na cor e na dor.

Na nova pátria, legalmente, não passava de mera propriedade. Não tinha os mesmos direitos que os brancos e podia ser comprado e vendido como uma mercadoria qualquer.

Considerado uma "peça rara", teve a sua venda anunciada com destaque na coluna de classificados do *Jornal do Commercio*, um dos primeiros periódicos do Rio de Janeiro:

Vistoso molequinho, de boa figura, olhos claros e dentes perfeitos. Batizado. Esperto, sabe ler e escrever. Bom para mandar ensinar qualquer ofício.	**Vende-se escrava da nação nagô, que lava, engoma, cozinha e faz doces.**

33

> **Vende-se uma ama de leite, limpa e carinhosa com crianças. É fiel e sem a menor moléstia ou vício.**

> **Vende-se um cavalo robusto, próprio para carroça...**

Malã conseguiu, às escondidas, conforme suas anotações, guardar um recorte com o anúncio de sua venda. A data do jornal, 1827, permitia deduzir que nascera por volta de 1817.

Foi um dos primeiros a serem vendidos. Um rico e jovem comerciante português, de bigodes pontudos, arrematou-o por um alto preço. O homem, antes de efetuar o negócio, abriu-lhe a boca e apalpou-lhe o corpo inteiro, minuciosamente, para se certificar do bom estado da "mercadoria".

Depois veio a parte mais dolorosa. As iniciais do comprador foram marcadas a ferro quente no ombro do menino, como faziam com os animais.

Além disso, o lusitano, por qualquer falta, dava-lhe uma série de "bolos" na mão, com uma pesada palmatória de madeira. Esse dono o levou,

34

em um veleiro, para morar em outro lugar, parecido em belezas naturais com o Rio de Janeiro. A cidade de São Salvador.

Dali em diante, passou a ser chamado novamente de Antonio. Mas, orgulhoso, sempre fez questão de manter o nome africano que usaria por toda a vida: Malã.

Segunda Parte: Juventude

Um braço só não tem força

Salvador, para sua surpresa, tinha uma população negra tão grande quanto a do Rio de Janeiro. Talvez até maior. Alguns, pelos trajes e amuletos, eram, seguramente, islamizados. Ruas, casas e templos religiosos espalhavam-se por ladeiras íngremes e sinuosas.

Negros altos e fortes carregavam pianos, entoando canções:

Zumba minha nega,

zumba meu sinhô.

Quem não tem dinheiro

não embarca no vapô.

Às vezes, ele tinha a impressão de estar em um reino africano, só que dominado por homens brancos. Por que não se rebelavam? Ao pensar nisso, seu sangue fervilhava.

O comerciante lusitano tinha várias lojas, inclusive uma alfaiataria. O bigodudo o colocou, num golpe de sorte, sob os cuidados de um empregado mandinga, chamado Licurgo. Esse homem ensinou-lhe os segredos da profissão que exerceria por toda a vida. E, também, longe da vista do patrão, um saber que era familiar ao menino: as rezas do Alcorão e a escrita em árabe.

E advertiu-o para que evitasse citar a sua origem, pois no Brasil os mandingas eram tidos como gente insubmissa, guerreira e feiticeira.

A noite não se assusta
com as sombras

O mestre, todas as noites, enquanto dedilhava as contas de madeira do tecebá, entoava a mesma cantilena: *Alhamdulilah, Subnalah, Istagfurulah...* Louvado seja o Senhor. Peço perdão ao Senhor. Seja glorificado o nome do Senhor.

Licurgo, rosto sério e enrugado, sabia ler os suras, capítulos do livro sagrado, que pronunciava fervorosamente. Não era como a maioria dos fiéis, que aprendia de ouvido após repetir as orações inúmeras vezes.

Em suas preleções, o mestre sempre citava um provérbio diferente. Cada um mais bonito e sábio do que o outro. Os mesmos que Malã registraria mais tarde em suas memórias. Nem todos seguiam o Alcorão. Na Bahia, havia negros trazidos de quase todos os cantos do continente africano. Cada qual com seus próprios costumes, religião e idioma. Os de fé islâmica, qualquer que fosse a sua origem, como os hauçás, iorubás, fulas e mandingas, eram chamados de malês. No interior, os escravizados trabalhavam principalmente nos engenhos de cana e plantações de fumo. Nas cidades, exerciam as funções de cocheiros, carroceiros, varredores de ruas, acendedores de lampião, ferreiros, pedreiros, marceneiros, estivadores, marinheiros, pescadores, sapateiros, artesãos, vendedores ambulantes, músicos, criados... As mulheres, em geral, ser-

42

viam como lavadeiras, quitandeiras, cozinheiras, mucamas e amas de leite.

Até alguns negros libertos, donos de pequenos negócios, possuíam escravos de ganho e os exploravam. Malã desprezava os "novos senhores", que descontavam nas costas dos irmãos de cor as bordoadas sofridas no cativeiro.

Nem todos se comportavam dessa maneira. Licurgo, nos fins de semana, reunia um grupo de islamizados, secretamente, em seu quartinho nos fundos do estabelecimento. Nos encontros, sob a luz de um candeeiro, oravam e traçavam planos de revolta. Solidários, coletavam dinheiro para comprar a liberdade de companheiros.

Boatos sobre uma possível conspiração, mais organizada do que as anteriores, pairavam por toda a cidade. Foi nas ruas que Malã ouviu falar pela primeira vez em Zumbi. Um nome lendário entre a gente antiga.

Pretos velhos, originários de regiões vizinhas, louvavam o nome do líder do Quilombo de Palmares. Entre as sombras do cais, relembravam os feitos e a grandeza do mais famoso reduto dos quilombolas, destruído após inúmeras batalhas, no século XVII, quando Pernambuco ainda era uma capitania.

"A fome provoca a ira", propagavam os idosos carregadores do cais, sussurrando entre os dentes que lhes restavam nas bocas murchas.

O barco de cada um
está no seu próprio peito

Malã, numa cerimônia especial, recebeu, das mãos de mestre Licurgo, o grigri que usou no peito durante longos anos. Uma bolsinha de couro presa ao pescoço por um cordão, como os Homens Grandes de sua terra natal, para lhe dar sorte e proteção.

Em 25 de janeiro de 1835, quando já era um rapagão alto e musculoso, participou do levante conhecido como a Revolta dos Malês. Considera-

45

da a maior de todas as insurreições dos negros na Bahia.

O ataque teria surpreendido a cidade de Salvador, se não houvesse sido denunciado às autoridades por um delator.

"Podes ter muitos amigos, mas confias em poucos", diziam os anciãos africanos. A delação fez com que muitos planos fossem abortados. Um bilhete, escrito em caracteres árabes, camuflado dentro do amuleto de Malã, não pôde ser entregue a tempo a um aliado, numa fazenda do Recôncavo. O recado, assinalando o local onde uma parte dos sublevados deveria se reunir, por precaução foi escondido pelo jovem mandinga numa caixa de metal, junto com seu tecebá. A mesma caixa em que, anos mais tarde, ele guardaria suas anotações.

Mesmo assim, sem esperar pelos reforços de outros escravizados de engenhos vizinhos, os insurretos resolveram sair às ruas. Então, naquela madrugada, o silêncio da capital baiana foi aba-

46

lado por dezenas de pés descalços correndo entre os becos e ladeiras precariamente iluminados por lampiões.

Os gritos dos revoltosos ecoavam pelas paredes dos casarões adormecidos:

— *Allahu Akbar! Deus é grande!*

Divididos em vários grupos, tinham o mesmo objetivo: a liberdade. E, para escapar ao cativeiro, estavam dispostos a tudo. Inclusive lutar até morrer.

Armados, começaram a atacar alguns postos militares. Mas, em poucas horas, após um combate desigual contra tropas a cavalo e da infantaria, os revoltosos foram dominados.

A maioria foi presa, ferida ou morta. A repressão do Presidente da Província da Bahia foi implacável.

As autoridades portuguesas, com base nas provas recolhidas, alegaram, nos autos de acusação, que as rezas e figuras mágicas, encontradas dentro dos patuás, eram uma maneira engenhosa de os escravizados enviarem mensagens uns aos outros.

Os cabeças do levante, após o julgamento, foram duramente castigados. Alguns foram deportados e meia dúzia de réus foi condenada à morte.

"Quem mata um leão, o come; quem não mata, é comido", foram as últimas palavras de Licurgo, antes de partir para o exílio.

A paciência é o talismã da vida

Malã nem teve tempo de lamentar a partida do velho mestre. Recebeu, como sentença, duzentas chicotadas em praça pública. Cinquenta açoites por dia, de acordo com as leis vigentes do Código Criminal da época.

Os condenados, como de praxe, ao final de cada sessão de tortura eram examinados por um médico. Dependendo do estado das costas e das nádegas das vítimas, o doutor dava ordens para a surra continuar ou ser suspensa.

49

Malã foi solto dias depois, com o corpo marcado de profundas cicatrizes. O dono, aborrecido, carregou-o de volta para o Rio de Janeiro e o vendeu a outro comerciante português.

Antes da viagem, ele teve permissão para recolher o que restara de seus objetos pessoais: roupas, uma velha máquina de costura e a caixa de metal que enterrara nos fundos da alfaiataria.

Terceira Parte: Maturidade

As palavras e a vida transformam-se como as cores do camaleão

Malã, com o passar dos anos, tornou-se um alfaiate conhecido, respeitado por sua sabedoria e pela habilidade com as agulhas. Foi nessa época que começou a rabiscar suas primeiras anotações. Casou-se com Eponina, uma quitandeira alforriada, descendente de poderosas "tias baianas", companheira de lutas e sacrifícios. Mulher guerreira, filha de Iansã, a senhora dos raios e tempestades, reverenciada pelos africanos e seus descendentes.

Anualmente, a mãe de Eponina tirava licença para armar uma barraca de comes e bebes no Campo de Santana, durante um dos festejos mais animados do Rio do Janeiro: o do Divino Espírito Santo. A velha senhora adorava contar que ainda era do tempo em que senhores e escravizados se divertiam ao som das bandas de barbeiros, formadas por negros que, além de cortar barbas e cabelos, eram músicos requisitados em toda festa.

Eram eles que acompanhavam os cortejos com a Bandeira do Divino, reverenciada e beijada ardorosamente pelos fiéis.

O Divino Espírito Santo
é um senhor que vai e vem.
Ele anda de casa em casa
para ver quem lhe quer bem.

Nunca anoitece quando se ama

Malã aproveitava as noites animadas em torno da igreja para observar os batuques, que lembravam suas raízes africanas, soando nos cantos mais escondidos. Não desgrudava os olhos das moças gingando, rodopiando e batendo palmas.

56

Os requebros e as umbigadas que elas davam nos parceiros, convidando-os para entrar na roda, o deixavam extasiado. Danças consideradas, por algumas autoridades, perigosas e indecentes. Mas, para outras, as "práticas de pretos" não passavam de um "divertimento inocente", que não atentava contra a ordem e a moral pública.

Numa dessas batucadas, ele e a futura esposa trocaram os primeiros olhares.

Mas começaram a se gostar mesmo durante um carnaval à moda antiga, encharcados dos pés à cabeça, durante uma batalha de entrudo. Uma brincadeira popular e às vezes violenta, que acabaria sendo proibida pela polícia, em que os foliões molhavam-se uns aos outros. Os rapazes aproveitavam a farra para lançar limões de cheiro no colo das moças. Os moleques, por sua vez, arremessavam polvilho no rosto dos distraídos. Das janelas e sacadas despejavam-se bacias de água e, também, todo tipo de porcaria na cabeça dos pedestres fantasiados.

Em 1854, o Chefe de Polícia mandou publicar a seguinte portaria:

Fica proibido o jogo de entrudo; qualquer pessoa que jogar incorrerá na pena de quatro a 12 mil-réis; e não tendo com que satisfazer, sofrerá de dois a oito dias de prisão. Sendo escravo, sofrerá oito dias de cadeia, caso o seu senhor não o mandar castigar no calabouço com cem açoites...

Mas não teve chicote que impedisse o casamento de Malã e Eponina, a quem chamava carinhosamente de Nininha.

Apaixonado, em homenagem à amada, ele pendurou uma placa na parede de sua lojinha com os dizeres de um provérbio africano:

"Para o frio, o fogo; para a tristeza, o amor."

As crianças são
a recompensa da vida

Graças ao suor de seu trabalho, sentado à inseparável máquina de costura, comprou a tão sonhada carta de alforria. Ele e Nininha tiveram sete filhos. Só três atingiram a idade adulta. As outras crianças morreram antes de completar um ano, vitimadas por sérias enfermidades.

Cada um deles seguiu seu rumo. Justina, a mais velha, moça estudiosa, formou-se em enfermagem. O do meio, Salustiano, por ironia do destino, trabalhou como linotipista no mesmo jornal onde fora anunciada a venda do pai.

O mais novo, Balbino, era capoeirista e metido a valente. Um tipo folgazão, bom de dança e pernada. Ágil como uma onça. Elegante. Chapéu de feltro de abas reviradas, calças largas, paletó desabotoado e sapatos de bico fino. Na cintura, escondida, a navalha afiada.

Acabou sendo recrutado à força em 1865, com outros capoeiras que se reuniam no Largo da Lapa, tidos como arruaceiros, para servir como "soldado voluntário" durante a Guerra do Paraguai.

"São os velhos que declaram as guerras, mas quem luta são os jovens", sublinhou Malã, em seus escritos. O rapaz voltou, anos depois, com medalha no peito e uma perna só. A outra ficou no campo de batalha.

"As coisas boas são como o pescoço da formiga, curtas e de escassa duração", lamentava-se Malã, invocando outro de seus provérbios africanos.

Mas ele não se deixava abater. Homem de fé, manteve o interesse pelo islamismo a vida inteira. Mas nunca abandonou a religião tradicional dos africanos nem os ritos da Igreja Católica. Era membro fervoroso da Irmandade dos Homens Pretos, que tinha como padroeiros santos da cor de seu povo: São Benedito e Santa Ifigênia.

Alegre, gostava de assistir aos desfiles dos blocos e ranchos durante o carnaval. E, enquanto teve força nas pernas, não perdia a popular festa na Igreja da Penha.

Morou durante um bom tempo no centro da cidade, numa região conhecida como Pequena África. Lugar onde residiam muitos negros vindos da Bahia.

As casas das famosas tias baianas eram ponto de encontro da comunidade afro-brasileira, e nelas as rodas de batuque varavam a noite inteira, animadas com muita música, comida e bebida.

O que sabe não pergunta

Malã, apesar de não gostar, era chamado respeitosamente de Mestre por todos que o conheciam. *"O que mais sabe é o vento"*, retrucava. Nos fundos de seu estabelecimento, como havia feito com os filhos, ensinava outros meninos e meninas a ler e a escrever e, também, a costurar. Ele, segundo suas palavras, tinha de fazer benfeito para honrar o nome de Licurgo, o mestre que lhe ensinara durante a juventude.

63

À noite, pois de dia afirmava dar azar, reunia a garotada ao seu redor, como se estivessem em torno de uma fogueira, para ouvir contos e lendas, da mesma maneira que fazia quando criança em sua terra natal. Nessas horas, sentia-se como se fosse um griô, o contador de histórias africano. Abria as sessões sempre com um provérbio diferente. Um de seus preferidos era:

"Os velhos já foram novos e os novos serão velhos".

E encerrava as sessões assim:

"Que este não seja meu fim, mas o fim de meu conto".

Em seus guardados, numa folha separada, deixou registrada uma das lendas favoritas de sua meninice. A do temido crocodilo "Sameron Bambó":

Não havia rapaz que não quisesse casar com Assaitá, uma das moças mais bonitas de todo o território mandinga.

Buraima, o caçador, foi o felizardo. Mas

64

na vida nem tudo é perfeito. De que adiantava tanta beleza, se Assaitá era incapaz de dar um herdeiro ao marido?

Desprezada e maltratada pelas outras mulheres da aldeia, ela retirou-se para uma cabana isolada no meio do mato. Sabia, de acordo com um provérbio, "que casa alegre é a que tem crianças".

Piedosa, rezava todos os dias para que os céus lhe dessem a graça de ter um filho.

Os anos corriam mais rápido do que as folhas espalhadas pelos vendavais. Assaitá, mesmo envelhecida, não perdia a esperança de ser mãe. Um dia, caminhando pela beira do rio, ela encontrou um filhote de crocodilo, abandonado e faminto. Com pena, resolveu criar uma das feras mais temidas da natureza e deu-lhe o nome de Sameron Bambó.

O animal, devorador de carne humana, logo se tornou companheiro e protetor de sua mãe de criação. Ai de quem ousasse se aproxi-

mar da região. Era arrastado para as profundezas das águas pelas mandíbulas mortíferas do enorme réptil.

Quando o bicharoco passava, rastejando pelo chão lamacento, todos os seres da floresta abriam passagem. Os pássaros, assombrados ao ver Assaitá pescando com a ajuda do encouraçado Sameron Bambó, perguntavam uns aos outros:

— Quem é essa velha feia e enrugada?

— Allah ó-kibaró, Deus é bom — explicava a sábia coruja — e concedeu um filho a essa mulher idosa.

As mães mandingas, desde aquela época, passaram a advertir as crianças para que evitassem brincar às margens do Rio Geba:

— Cuidado com o Sameron Bambó!

Quarta Parte: Velhice

Só o tempo te faz mestre

Malã, à medida que envelhecia, limitava-se a registrar os fatos mais marcantes que tivera o privilégio de testemunhar. A campanha abolicionista fora um deles. Seguira pela imprensa, com interesse redobrado, os debates que se alastravam pelo país. Os recortes de jornais da época, encontrados em seus pertences, atestavam o interesse pelo assunto.

Participara, sempre que podia, dos comícios e das marchas cívicas que agitaram as praças e

70

ruas do Rio de Janeiro, lideradas por vultos históricos do movimento. Muitos deles descendentes
de africanos, como o grande tribuno José do Pa-
trocínio.

Tinha uma admiração especial por Luiz
Gama, poeta e advogado autodidata, que dedi-
cara a vida a defender os negros nos tribunais.
Tanto que copiara trechos de um de seus poemas
mais ardorosos:

Se negro sou, ou sou bode
Pouco importa. O que isto pode?
Bodes há de toda a casta, (...)
Bodes negros, bodes brancos (...)
Gentes pobres, nobres gentes
Em todos há meus parentes.

Um homem de passado tão sofrido quanto
o de Malã. O pai, um próspero cidadão branco,
endividado, vendera o próprio filho como escravo. A mãe, Luiza Mahin, que o velho mandinga

71

conhecera durante as reuniões na casa de mestre Licurgo, fora uma das participantes da Revolta dos Malês.

Outro abolicionista a quem respeitava era o engenheiro André Rebouças, que, apesar de amigo pessoal do Imperador Pedro II, nunca voltara as costas para seus irmãos de cor.

O entardecer
se alimenta do amanhã

Malã, para aguçar a memória, nas horas vagas lia tudo o que lhe caía nas mãos. Adorava os poemas de Castro Alves. As estrofes, que pareciam ser escritas com letras de fogo, valeram ao moço o apelido de "Poeta dos escravos". Pena que o rapaz tivesse morrido, como diziam os antigos, na flor da mocidade.

Os versos de "O navio negreiro" faziam com que ele revivesse pesadelos pavorosos, que o atormentaram por toda a vida:

Senhor Deus dos Desgraçados!

Dizei-me vós, Senhor Deus,

Se eu deliro... ou se é verdade

Tanto horror perante os céus?!...

Sempre que podia, refugiava-se nas páginas de seus livros favoritos. Frequentador assíduo da Biblioteca Nacional, conhecera, no saguão de leitura, um jovem de grande talento. O jornalista e escritor Machado de Assis.

Os romances e artigos do que viria a ser o consagrado autor, com a ironia costumeira, demonstravam a sua descrença na inserção do negro na sociedade brasileira. Pessimista, não acreditava que a abolição da escravatura fosse a redentora de todos os males...

A língua é o chicote do tempo

"A velhice não anuncia sua visita", escrevera Malã no verso da fotografia desbotada que deixara para a posteridade. Nela, via-se um homem idoso, bem-vestido, paletó e camisa de colarinho alto. A data: 13 de maio de 1888.

O dia em que presenciara uma festa popular jamais vista, no apinhado Largo do Paço. Em frente ao prédio engalanado, uma multidão cantava e dançava, comemorando a lei que acabara de ser assinada pela Princesa Isabel, abolindo a escravidão. O Brasil, por incrível que pareça, era um dos últimos países no mundo onde ainda vigorava tamanha vergonha.

Malã não se iludira com a imagem da Sereníssima Alteza acenando, sorridente, do alto da sacada, para os súditos que a aclamavam em delírio.

O dia era importante, mas em sua opinião os negros ainda teriam um longo caminho a percorrer.

Mesmo assim, recortara e guardara, entre seus papéis, a folha de jornal com a reprodução do decreto que, com apenas dois artigos, dava fim a uma longa história de lutas e sofrimentos:

Artigo 1º: É declarada extinta desde a data
desta Lei a escravidão no Brasil.
Artigo 2º: Revogam-se as disposições
em contrário.

76

Malã preocupava-se com a falta de medidas efetivas para a integração do negro à nova realidade. Os antigos proprietários, por sua vez, exigiam indenizações pelos prejuízos financeiros que haviam sofrido. Proposta que se arrastaria durante bom tempo, na imprensa e na Câmara, antes de ser derrubada.

Um velho que viveu cem anos
pode falar a noite inteira
para um jovem que
conheceu cem aldeias

Os navios, no início do século XX, em vez de homens escravizados, traziam levas de imigrantes europeus. A política de "embranquecimento" era evidente nos anúncios de jornais. As colunas de empregos davam preferência, claramente, à mão de obra recém-chegada.

78

Os escravos de ganho haviam sido substituídos por ambulantes de sotaque português, italiano, espanhol e turco, apregoando suas mercadorias em altos brados:

— "Peixeiro!" "Vassoureiro!" "Verdureiro!"...

Malã, nonagenário, ainda se mantinha lúcido e a par dos últimos acontecimentos. Anotava, com atenção, o processo de modernização do Rio de Janeiro, executado pelo Prefeito Pereira Passos, idealizador do Teatro Municipal e das obras de saneamento e de alargamento das principais avenidas e vias da cidade.

O velho mandinga, gozador, caçoava dos homens encasacados, de cartola, gravata e bengala, sob o calor infernal. Os grã-finos, ao lado de suas elegantes esposas e filhas, desfilavam vestidos na última moda, como se estivessem na França.

Os lampiões a gás e os bondes de tração elétrica, que haviam substituído os antigos carros puxados a burro, o deixavam maravilhado.

Mas criticava a maneira como a população

mais pobre, formada em sua maioria por negros e mestiços, estava sendo empurrada para os morros e bairros distantes.

Um dos bisnetos, Vitorino, engajado como aprendiz de marinheiro, o apresentara a um marujo de ar decidido, bigodes grossos, chamado João Cândido.

Sujeito viajado, servira em várias missões navais no exterior. Fizera até estágio em um estaleiro na Inglaterra, país onde havia sido construído o *Minas Gerais*, maior encouraçado da Marinha brasileira. Durante essa temporada, ele, que já era um timoneiro habilidoso, aprendera valiosas noções de mecanismo e de navegação dos navios de grande porte. Habilidades que lhe seriam essenciais logo após retornar ao Brasil.

Quando a morte sopra, o mais forte voa como uma folha

João Cândido, em 22 de novembro de 1910, lideraria a rebelião da marujada para acabar com os castigos corporais e por melhores condições de trabalho. A punição mais ultrajante para os praças, negros na maioria, que infringiam o rígido código naval era a mesma que Malã recebera ainda em plena escravidão: chibatadas. Daí o nome que ficou registrado nos livros de História: A Revolta da Chibata.

81

Os marinheiros, entre eles Vitorino, após dominarem os oficiais dos principais navios, alinharam as naves na Baía de Guanabara, apontando os poderosos canhões para a cidade do Rio de Janeiro. João Cândido, devido aos conhecimentos adquiridos no estaleiro inglês, assumiu, a bordo do encouraçado *Minas Gerais*, o comando do movimento.

Malã, amparado por dois parentes, fizera questão de andar até a amurada do Flamengo, lotada de curiosos, para ver a esquadra em formação de batalha, a pouca distância da praia. Tinha orgulho da atitude tomada pelo bisneto. E dizia para todos que o rapaz puxara o seu sangue.

O barulho dos primeiros canhonaços, disparados para o alto, causaram pânico à população carioca. Os que tinham mais posses tomavam o trem e se refugiavam, às pressas, nas cidades serranas.

Os rebeldes, com um poder de fogo arrasador, exigiam que suas reivindicações fossem atendidas. Se quisessem, poderiam destruir a cidade, mas esse não era o objetivo da revolta.

82

O documento redigido a bordo do *Minas Geraes*, dirigido ao povo e ao Chefe da Nação, atestava a principal intenção do líder do movimento:

Os marinheiros do Minas Geraes e mais navios de guerra vistos no porto (...) não têm outro intuito que não seja o de ver abolido de nossas corporações armadas o uso infamante da chibata (...) Ao Povo Brasileiro os marinheiros pedem que olhe a sua causa com a simpatia que merece, pois nunca foi seu intuito tentar contra as vidas da povoação laboriosa do Rio de Janeiro... Esperam, entretanto, que o Governo da República se resolva a agir com humanidade e justiça.

O recém-empossado Presidente da República, Marechal Hermes da Fonseca, acuado, foi obrigado a ceder às exigências dos rebelados. E, em poucos dias, declarou o fim da chibata e concedeu anistia aos revoltosos.

A morte é o amanhã dos velhos

Malã faleceu um mês depois do final da Revolta da Chibata, na véspera do Natal, sem saber que João Cândido e outros dezessete marujos, acusados de conspiração, tinham sido encarcerados numa masmorra cheia de cal. Deste suplício, só ele e um companheiro sobreviveriam.

A foto de Vitorino, meu avô paterno, ao lado de João Cândido, que ficou conhecido como "O Almirante Negro", estampada nos principais jor-

84

nais da época do histórico levante, foi a derradeira relíquia guardada por Malã na caixa de metal.

Em suas últimas anotações, escritas numa letra trêmula, lamentava não ter tido a chance de retornar à sua terra natal. E, conscientemente, afirmava que a "gente de sua cor" ainda teria muitas lutas e desafios pela frente.

Ficaria contente ao saber que, no Rio de Janeiro, a cidade que aprendeu a amar, há um busto em homenagem a Zumbi dos Palmares. E que no dia da morte do líder palmarino, em 20 de novembro, é comemorado o Dia Nacional da Consciência Negra.

E, sem dúvida, apreciaria as leis obtidas graças ao empenho dos movimentos negros organizados. Principalmente a que torna obrigatório o ensino da história e da cultura africana e afro-brasileira nas escolas em todo o território nacional.

Gostaria também de saber que, em plena Praça XV de Novembro, finalmente, uma estátua faz jus à memória de João Cândido, "O Almirante Negro".

Malã foi um mestre popular, testemunha da história de nosso país, que tanto ajudou a construir, com sua luta, seu sofrimento e seu trabalho.

E assim deve ser lembrado.

Bibliografia básica

Abreu, Marta. *O Império do Divino (Festas Religiosas e Cultura Popular no Rio de Janeiro, 1830-1900)*. Rio de Janeiro: Nova Fronteira, 1999.

Alves, Castro. *Os Escravos*. São Paulo: Martin Claret, 2003.

Calmon, Pedro. *Malês (A Insurreição das Senzalas)*. Rio de Janeiro: Pro Luce, 1933.

Carreira, Antonio. *Mandingas da Guiné Portuguesa*. Centro de Estudos da Guiné Portuguesa, 1947.

Conrad, Robert Edgar. *Tumbeiros (O Tráfico de Escravos para o Brasil)*. São Paulo: Brasiliense, 1985.

Debret. *Debret (Viagem Pitoresca e Histórica ao Brasil)* — Apresentação e texto de Herculano Gomes Mathias. Rio de Janeiro: Ediouro/Tecnoprint, 1980.

Duarte, Eduardo de Assis. *Machado de Assis, Afrodescendente*. Rio de Janeiro; Belo Horizonte: Pallas; Crisálida, 2007.

Edmundo, Luiz. *O Rio de Janeiro do Meu Tempo*. Rio de Janeiro: Xenon, 1987.

Filho, Luiz Viana. *O Negro na Bahia*. São Paulo: Livraria Martins Editora, 1976.

Filho, Melo Morais. *Festas e Tradições Populares do Brasil*. Rio de Janeiro: F. Briguiet e Cia. Editores, 1946.

Freyre, Gilberto. *O Escravo nos Anúncios de Jornais Brasileiros do Século XIX*. São Paulo: Companhia Editora Nacional, 1970.

Granato, Pedro. *O Negro da Chibata*. Rio de Janeiro: Objetiva, 2000.

João Cândido, O Almirante Negro. Rio de Janeiro: Gryphus/Museu da Imagem e do Som, 1999.

Jr. Cristiano. *Escravos Brasileiros*. São Paulo: Ex Libris, 1988.

Karasch, Mary C. *A Vida dos Escravos do Rio de Janeiro*. São Paulo: Companhia das Letras, 2000.

Lopes, Nei. *Bantos, Malês e Identidade Negra*. Rio de Janeiro: Forense Universitária, 1988.

Morel, Edmar. *A Revolta da Chibata*. Rio de Janeiro: Edições Graal, 1986.

Moura, Clóvis. *Rebeliões da Senzala*. Porto Alegre: Mercado Aberto, 1988.

Moura, Roberto. *Tia Ciata e a Pequena África no Rio de Janeiro*. Rio de Janeiro: Funarte, 1983.

Pierson, Donald. *Brancos e Pretos na Bahia*. São Paulo: Companhia Editora Nacional, 1945.

Pinsky, Jaime. *Escravidão no Brasil*. São Paulo: Global Editora, 1981.

Reichert, Rolf. *Os Documentos Árabes do Arquivo Público do Estado da Bahia*. Salvador: Centro de Estudos Afro-Orientais da UFB, 1970.

Reis, João José dos. *Rebelião Escrava no Brasil*. São Paulo: Brasiliense, 1986.

Santos, Joel Rufino dos. *A Questão do Negro na Sala de Aula*. São Paulo: Ática, 1990.
_____*Zumbi*. São Paulo: Global, 2006.

Silva, Alberto da Costa e. *A Enxada e a Lança (A África Antes dos Portugueses)*. Rio de Janeiro: Nova Fronteira, 1992.

Valente, Waldemar. *Sincretismo Religioso Afro-Brasileiro*. São Paulo: Companhia Editora Nacional, 1977.

Verger, Pierre. *Fluxo e Refluxo (Do Tráfico de Escravos Entre o Golfo de Benim e a Bahia de Todos os Santos)*. São Paulo: Corrupio, 1987.

O texto deste livro foi composto

no desenho tipográfico Celeste

em corpo 13 e entrelinha 18 e

impresso na Prol Gráfica e Editora Ltda.